The Race

AN AESOP'S FABLES MASHUP

Based on the opera by Deborah Kavasch and Linda Bunney-Sarhad
Commissioned by Opera Modesto
Original photos by David Schroeder
Graphic novel design by Jewel Whitaker
Spanish by Cristina Gomez, Dr. Stephen Stryker, Marilù Weishour

The Race
AN AESOP'S FABLES MASHUP

*This graphic novel is designed to be used in combination with the opera movie. To license the movie and the graphic novel as an educational package, please contact Opera Modesto: +1-209-523-6426 or admin@operamodesto.org. To stream **The Race** movie on demand, visit www.operamodesto.org.*

Introduction

Stories and songs are more fun the more we read or sing them, so this graphic novel gives you pieces of **The Race** to enjoy before and after seeing the opera film. You can read them silently, read them aloud, and act them out with others. Even though some lines don't match the opera songs exactly, you will recognize them when you hear them, and, I hope, enjoy seeing the opera even more.

The poems are part of the Aesop's Fables 3,000-year journey into song and back into story. **The Race** has ancient roots! You can have great fun acting out these little poem-dramas, either as individual actors or as small groups in unison. I hope you will use them in this way after you see the opera—and laugh together as you do!

Everyone involved in the production of **The Race** hopes that viewers will enjoy it as much as we enjoyed creating it. Happy reading! Happy viewing! Happy acting!

Linda Bunney-Sarhad
Librettist

Inroducción

Los cuentos y las canciones son más divertidos mientras más los leemos o los cantamos. Estos poemas nos presentan escenas de la ópera **La Carrera** para divertirnos antes o después de ver la ópera. Podemos leerlos en voz baja, en voz alta, o dramatizarlos con amigos. Aunque algunos versos no correspoden exactamente a los de la ópera, son fáciles de reconocer cuando se escuchan en el contexto de la ópera. Espero que así todos ustedes puedan disfrutar de la ópera aún más.

Estos poemas se basan en las fábulas del filósofo griego, Aesop, fábulas que tienen más de tres mil años, contadas en forma de cuentos, obras de teatro, y canciones. El cuento de **La Carrera** tiene raíces antiquísimas. Uds pueden divertirse actuando (dramatizando) estas escenas con actores individuales o en grupos. Espero que Uds. puedan utilizarlas de esta manera después de que vean la ópera, y reirse juntos.

Todos nosotros los que participamos en esta producción de **La Carrera**, esperamos que el público goze tanto de la ópera como nosotros gozamos en su creación. ¡Gozen al leerla! ¡Gozen al verla! ¡Gozen al dramatizarla!

Linda Bunney-Sarhad
Libretista

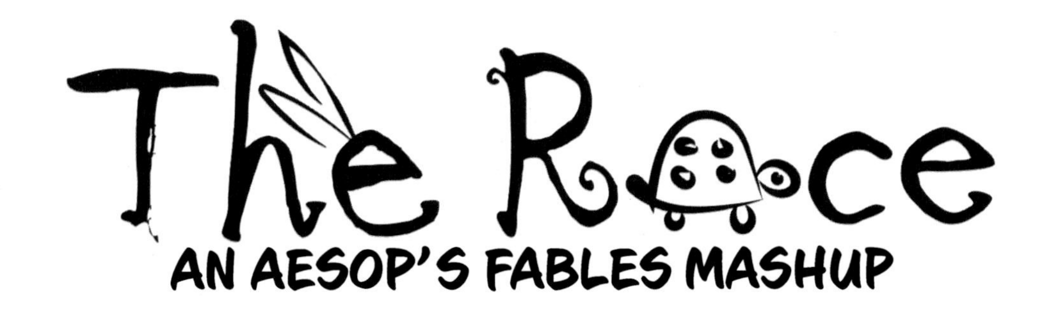

Table of Contents

Tabla de contenidos

UNA MEZCLA DE FÁBULAS DE ESOPO

La Carrera

The Tortoise and The Hare
La Tortuga y La Liebre

Once, long ago, a Hare boasted that he could outrun all the other animals. So the Tortoise challenged him to a race.

Una vez, hace mucho tiempo, una liebre se jactó de que podía escapar de todos los otros animales. Así que la tortuga lo desafió a una carrera.

The Hare laughed, "Are you kidding? I can beat you without even trying."

La liebre se rió: "¿Estás bromeando? Puedo vencerte sin siquiera intentarlo."

So they lined up and began the race.

Así que se alinearon y comenzaron la carrera.

The Hare quickly moved far ahead.

La liebre se adelantó rápidamente.

Then, to show he was not at all worried about losing, he lay down to take a little nap.

Entonces, para demostrar que no estaba en absoluto preocupado por perder, se acostó a tomar una pequeña siesta.

The Tortoise kept on plodding ahead.

La tortuga siguió adelante.

When the Hare finally woke up, he saw the Tortoise far ahead of him.

Cuando la liebre finalmente se despertó, vio a la tortuga muy por delante de él.

Running his fastest, he still could not catch up before the Tortoise crossed the finish line.
The Tortoise won!

Slow but steady wins the race.

Corriendo su más rápido, todavía no podía alcanzarla antes de que la tortuga cruzara la línea de meta.
¡La tortuga ganó!

Despacio pero constante gana la carrera.

TORTOISE:
Slow, slow, there is power in slow.
In the long of it, the strong of it,
There's strength in slow.
When I stretch my neck and go,
You will know, there is strength,
There is force,there is power in slow.
TORTUGA:
Despacio, despacito, hay poder en ir despacio.
A largo plazo y a fin de cuentas,
Hay poder en ir despacio.
Cuando me empujo el cuello y me echo a caminar,
Sabrán que hay poder y fuerza en ir despacio.

HARE:
Ho ho--here I go!
Hee hee--look at me!
Watch me wind up and race for all to see.
I'm the fee-fie-fastest
Ergo bee-bie-best.
There is time to clown and clatter.
There is time to take a rest.
Ahh, a rest--he'll never catch me.
There is time to take a rest.
Foolish, foolish tortoise,
Who challenges the best.
(Snore, snore, snore.)
LIEBRE:
Mira, mira, ya me voy.
Mira, mira aquí estoy.
Mira, mira, como corro hoy.
Soy la más rápida y por eso la mejorcita.
Tengo tiempo para hacerme la payasita.
Tengo tiempo para tomarme una siestecita.
Un descansito, pues la tortuga nunca me alcanza.
Tortuga tonta, tortuga tontita.
¿Quién teme desafiar a la mejorcita?
(La liebre ronca, ronca.)

kids care
DENTAL & ORTHODONTICS
FINISH
kids care
DENTAL & ORTHODONTICS
NOTCH
NELS
TORTOISE:
Slow, slow, there is power in slow.
Hello, rabbit. Goodbye rabbit.
I'll just pass you on tiptoe.
TORTUGA:
Despacio, despacito, hay poder en ir despacio.
Hola conejito. Adiós conejito.
Te paso despacito sin despertarte.

WINNE
Slow but steady wins the race.
Despacio pero constante gana la carrera.

The Bear And The Bees

El Oso y Las Abejas

Once a hungry Bear went looking for honey. He decided to follow a Bee to its hive and steal the honey. But when they got close to the hive, the Bee stung him to scare him away. The Bear got so mad that he kicked the hive. What happened next? Of course a thousand bees flew out of the hive and stung him. And stung him. And stung him. Ouch!

It is smarter to bear a single hurt in silence than to get mad and end up with a thousand.

Había una vez un oso buscaba la miel. Decidió seguir a una abeja a su colmena y robar la meil. Cuando se acercó a la colmena la abeja le picó y el oso se enojó tanto que dio unas patadas a la colmena. ¿Y qué pasó entonces? Pues miles de abejas atacaron al oso lo picaron miles de veces. ¡Ay! ¡Ay! ¡Ay!

En fin, es mejor aguantar las pequeñas picaduras de la vida
y no enojarnos tanto que terminamos con miles de heridas bien serias.

BEAR :
Honey, I smell honey over there.

OSO:
Miel. Miel. Huele a miel.

BEE:
No, you don't. Bzzzz. No honey there.
No, no, no! Our hive is there
(points in a direction away from the hive).
Bzzzz. Bzzz. Bzzz.

ABEJA:
No, no, aléjate. No hay miel aquí.
La colmena está allá
(Indica con el dedo la dirección opuesta a la colmena).
Bzzzz. Bzzz. Bzzz.

BEAR:
(Slapping at the bee and continuing to look toward the hive)
Aha, I swear. I see honey. Oh, happy Bear!

OSO:
(Tratando de darle una cachetada al la abeja)
Pero seguro que veo miel. ¡Qué oso mas dichoso!

BEE (stinging BEAR on the nose):
It's not yours.
So there. So there.
Bzzz bzzz!

LA ABEJA (picándole al oso en la nariz):
La miel no es tuya. Toma esta picadura.
Bzz bzzz!

BEAR:
(BEAR kicks at the hive several times. BEES swarm out, buzzing.)

Ow! Hey! Ow, ow, ouch! You're being crude!

OSO:
(Dando unas patadas a la colmena. Salen muchas abejas.)

¡Ay! ¡Ay! ¡Ay! ¡Qué groseros y maleducados!

BEAR (pauses to think):

I got mad, and I got stung.

I wouldn't wish that on anyone!

We should ignore the little hurts

So something bad doesn't get even worse.

EL OSO (poniéndose a pensar):

Me enojaron y me picaron.

Y eso no se debe hacer a nadie.

Debemos aguantar las picaduras,

Para que no lleguen a ser grandes heridas.

It is smarter to bear a single hurt in silence than to get mad and end up with a thousand.

En fin, es mejor aguantar las pequeñas picaduras de la vida y no enojarnos tanto que terminamos con miles de heridas bien serias.

The Hares and The Frogs

Once there was a group of Hares who were afraid of many things—so many that it seemed like almost everything. They were ashamed of their fear, so they decided to go and jump into a lake. However, on their way, they ran into a group of Frogs. The Frogs got so scared that they leapt into the air and ran away. The Hares looked at each other and smiled. They had found someone who was even more afraid than they were!

No matter how bad things may be, there is someone who's worse off than me.

Había una vez unas leibres que temían muchas cosas, tantas que temían de casi todo. Su miedo les causaba tanta vegüenza que decidieron tirarse todos al lago. Resultó que en el camino al lago encontraron un grupo de ranas que tenían tanto miedo de las liebres que todas saltaron y corrieron. Las liebres se miraron y se sonrieron al saber que las ranas tenían aún más miedo ellas.

No importa cuanto sufrimos, siempre hay alguien que sufre aún más que nosotros.

Las Liebres y Las Ranas

THE HARES:
Scared scared of bees and bears,
Of flares and chairs, of stairs and snares.
We're scared of chicken à la king,
Of old shoestrings, of new playthings.

LAS LIEBRES:
Miedo, miedo de los osos y las abejas,
De las trampas, las pampas, y las campas.
Tenemos miedo de los pollitos fritos,
Y de todos los animalitos.

It's so bad now—our hands we wring –
That we're afraid of everything!
We've made a pact; this vow we take:
To go and jump into a lake.
On our way, what do we see?
A group of silly Frogs, who FLEE!

Es tan fuerte el miedo que nos retorcemos
las manos por tener miedo de todo.
Hicimos un pacto que a lo largo,
Que nos tiráramos al lago.
En camino al lago ¿qué es lo que vemos?
Unas ranas asustadas
que huyen de nosotras.

THE FROGS:
We got so scared to see them come,
We all swallowed our bubble-gum!
We ran away, we ran away.
We Frogs got scared and ran away.

LAS RANAS:
Nos dio tanto miedo al verlos acercar,
Que nos hizo perder la respiración.
Huimos corriendo, huimos corriendo.
Nosotras, las ranas miedosas, huimos corriendo.

THE HARES:
How strange to find, with all this fuss:
There's someone more afraid than us.

The moral that we seem to see:
No matter how bad things may be,
There's someone who's worse off than me.

LAS LIEBRES:
Qué extraño es encontrar un animal,
que tiene más miedo que nosotras al final.

La moraleja para los otros:
No importa cuanto sufrimos, siempre hay alguien
que sufre más que nosotros.

The Fox and The Grapes

Once upon a time, a thirsty fox came upon some grapes growing high up on a tree. He jumped up and tried to get them, but even though he tried several times, he could not reach them. He walked away saying, "I'm sure those grapes are sour."

We often dislike things that are out of our reach.

Había vez un zorro hambriento que vio unas uvas en lo alto de un árbol.
Saltó, saltó, saltó, pero no pudo alcanzarlas. Al rato siguió su camino pensando: No me importa. Seguro que las uvas estaban amargas.

Muchas veces despreciamos las cosas que no podemos alcanzar.

FOX:
There is nothing I can't do.
I'm the Fox. My name is Hugh.
I am smart, ho ho hee hee!
I am STRONG and I am—ME!
I am looking at that TREE
and the grapes, the grapes,
the grapes!

Purple, juicy luscious fruit:
There can be no substitute
for a hot and thirsty brute like me!

EL ZORRO:
No hay nada que yo no puedo hacer.
Soy el Zorro. Me llamo Hugh.
Yo so yo, el número uno.
Soy un chico super listo, listo, listo.
Soy super fuerte, fuerte,
hasta la muerte.

Ahora veo esa vid de uvas.
Uvas, uvas, uvas sabrosas y jugosas.
No hay mejor sustituto
para un tipo bruto como yo.

BEAR:
Watch him now. He'll try to jump,
And he'll end up on his rump.
Hey there, Hugh, you're on the dirt.
You've got dirt upon your shirt.
No grapes for you.
No grapes for Hugh.
Here is something you can't do.

EL OSO:
Miren el zorro. Mírenlo.
Trata de saltar,
Pero miren que va a faltar.
Oye, señor Hugh, tienes una camisa
Que ahora está muy sucia.
Hoy no hay uvas para ti,
Como no las alcanzas,
hoy son para mí.

FOX:
I didn't want them anyway.
I'm sure that they're not ripe yet.
Oh, I could get them any day.
I'm smart and strong, a sure bet.
But now I'm sure those grapes are green.
They're worth no more of my sweat.

Sour grapes, sour grapes, sour grapes!

EL ZORRO:
No me importa, no las quería.
Seguro que estaban ágrias todavía.
Facilmente las alcanzo en cualquier momento.Soy listo y fuerte y las alcanzo cuando me presento.

Uvas amargas, uvas amargas, mala leche, mala leche.

The Wolf in Sheep's Clothing

El Zorro Disfrazado de Oveja

Once a hungry Wolf saw a flock of sheep. He wanted to eat one of the lambs for his dinner, so he pretended to be a sheep by putting a sheep skin over him. At the same time, the Shepherd wanted a sheep so he could make some stew for his supper. He stabbed the Wolf just as the Wolf was trying to grab the Lamb.

If you are trying to hurt someone else, watch out, for sooner or later you yourself will get hurt.
And another moral:
Watch out for bad people who pretend to be good people!

Había una vez un lobo que al ver un rebaño de ovejas tenia ganas de comerse un cordero asado, asi que se disfrazó de oveja y se acercó al rebaño. Resultó que en el mismo momento que el lobo iba a matar una oveja, el mismo pastor decidió matar a una para su propia cena de cordero y le dio un buen cuchillazo al lobo.

Si quieres hacerle daño a otra persona, cuidado en no hacer más daño a si mismo.
Otra moraleja:
Cuidado de aquellos que parecen ser ovejas pero son lobos dis-frazados de oveja.

WOLF (gruffly):
I'm very hungry.
I want my dinner.
EL LOBO (gruñido):
Tengo mucha hambre.
Quiero mi cena.

Where is a lamb chop
For this old sinner?
¿No hay unas chulates de cordero
Para este distinguido caballero?

Here is a sheep skin,
I'll put it on now.
Then I'll capture a lamb.
Ho ho! (Pretending to stab a sheep.)
Pow! Pow! Pow!
Ahora me pongo mi disfraz de oveja.
Luego me agarro una ovejita sabrosita y...
(haciendo puñaladas).
Golpeo, golpeo, golpeo...
hasta la muerte.

LAMB:
(Sweetly, as the Wolf sneaks up behind him.)
It's getting dark now
Outside the fold.
I hope we'll be safe
From the wolves and the cold.

LA OVEJA:
(Tímida, sin saber que el lobo se acerca.)
Ya empieza el atardecer
y yo me encuentro lejos del rebaño.
Ojalá estemos salvas y seguras del lobo
y del frio de antaño.

SHEPHERD:
(As he looks around at the sheep and sees
the Wolf in his sheep disguise.)

I have a taste for mutton stew.

EL PASTOR:
(Que reconoce el lobo dizfrazado de oveja.)

Tengo ganas de un buen caldo de cordero.

I guess this ugly sheep will do.
(He stabs the Wolf in the rump. The Wolf howls.)

Tal vez esta ovejita fea me sirve de merendero.
(Le da un cuchillazo al lobo y el lobo grita.)

SHEPHERD, LAMB, and SHEEP:
Here is the lesson, the moral sure and true: If you are set on harming, then harm will come to you. Harm will, harm will, harm will come to you.

PASTOR, CORDERO y OVEJA:
Aquí está la lección, la moraleja segura y verdadera: si estás decidido a hacer daño, te llegará el daño. El daño, el daño, el daño te llegará.

ALL SHEEP:
Here is the lesson, the moral of the tale:
If you are set on harming, then harm will never fail.
Baa baa baa baa. Never, never fail.

TODAS LAS OVEJAS:
Sí, la lección y moraleja del cuento:
Si decides causar violencia, la violencia nunca triunfa.
Baa baa, baa, baa. Nunca, nunca, triunfará.

The End

Fin